Das Buch

»Es ist schlicht. Sehr hoch und schwarz steht es auf einem kahlen Sockel im Wasser, ungefähr fünfzehn Meter vom Ufer entfernt. Es steht einsam und etwas schief im See... Das war seine letzte Station. An dieser Stelle ging sein Leben zu Ende. Wie der Tod genau eintrat, ist bis heute ungeklärt. Man weiß nur, daß er, in Schloß Berg hier am Starnberger See streng bewacht, am Pfingstsonntag bald nach achtzehn Uhr den Wunsch geäußert hat, nach dem Morgenausgang jetzt zum Abend hier am Seeufer noch einmal spazierengehen zu dürfen...« – »Eine zauberhafte Mischung von Distanz und Nähe, von Kritik und Liebe, von Durchleuchtung und Rechtfertigung.« (Joachim Günther)

Der Autor

Horst Krüger, am 17. September 1919 in Magdeburg geboren, lebt seit 1967 als freier Autor in Frankfurt am Main.

Horst Krüger:
Ludwig lieber Ludwig

Ein Versuch über Bayerns Märchenkönig

Mit dreiundzwanzig Farbfotografien von
Gregor M. Schmid

Deutscher
Taschenbuch
Verlag

dtv

Von Horst Krüger
sind im Deutschen Taschenbuch Verlag erschienen:
Poetische Erdkunde (1675)
Spötterdämmerung (10355)
Tiefer deutscher Traum (10558)
Das zerbrochene Haus (10665)
Zeit ohne Wiederkehr (11121)
Kennst du das Land (11158)

Im Text unveränderte Ausgabe
Juli 1995
Deutscher Taschenbuch Verlag GmbH & Co. KG,
München

Umschlaggestaltung: Dieter Brumshagen
Umschlagbild: Ludwig II. von Bayern (© Bildarchiv
Preußischer Kulturbesitz, Berlin)
Gesetzt aus der Sabon 11/13·
Satz: KCS GmbH, Buchholz/Hamburg
Offsetreproduktion: rms, München
Druck und Bindung: Kösel, Kempten
Printed in Germany · ISBN 3-423-12068-1

Inhalt

I Ludwig II., König von Bayern

Das Kreuz

Es ist schlicht. Sehr hoch und schwarz steht es auf einem kahlen Sockel im Wasser, ungefähr fünfzehn Meter vom Ufer entfernt. Es steht einsam und etwas schief im See. Es sieht wie ein karges, evangelisches Kriegerkreuz aus. Auf Soldatenfriedhöfen im Osten stehen manchmal solche Mahnmale, gottverlassen. Kein Korpus, kein Kranz, kein Schmuck.

II Das Kreuz an der Unglücksstelle im Starnberger See

Auf dem Querbalken des Kreuzes sind nur die Worte zu lesen: »König Ludwig II. v. Bayern«. Darunter: »Zur Erinnerung an den 13. Juni 1886«. Das Ufer ist heute von etwas schütterem Schilfwuchs bedeckt. Geröll, faustgroße, runde Steine, verebbende Wellen. Es knirscht und kracht leise unter den Füßen. Es war feucht und kühl. Es regnete leicht. Es war still, ganz einsam, als wir hier endlich am Starnberger See standen.

Das war seine letzte Station. An dieser Stelle im Wasser ging sein Leben zu Ende. Wie der Tod genau eintrat, ist bis heute ungeklärt. Man weiß nur, daß er, in Schloß Berg hier am Starnberger See streng bewacht, am Pfingstsonntag bald nach achtzehn Uhr den Wunsch geäußert hat, nach dem Morgenausgang jetzt zum Abend hier am Seeufer noch einmal spazierengehen zu dürfen. Daß er abgesetzt, entmündigt und für geisteskrank erklärt worden war, ist bekannt. Es hat damals während dieser düsteren Pfingsttage in Strömen geregnet. Nebel lag über dem Land, dunkle Wolken über dem See. Er ging also in Begleitung seines Arztes hier am Ufer. Der Arzt, immerhin die führende Kapazität der jungen Psychiatrie damals in München, war nur von mittlerer Statur. Er hieß Gudden, Professor Dr. Bernhard von Gudden, und Ludwig muß neben dem Gelehrten wie ein Riese gewirkt haben. Er war 1,91 Meter groß, ein

III Linderhof

mächtiger, kolossaler Brocken zum Schluß. Von seiner Jugendschönheit, die einmal die Welt betört und verwirrt hatte, war nichts mehr geblieben. Nur in den Augen soll noch ein Rest Glut geglommen haben, jetzt aber furchterregend, finster. Er war vierzig Jahre und in den letzten Jahren dick, sehr schwerfällig geworden. Manche sprechen von einer Falstaff-Figur. Es wird von einer merkwürdig tapsenden Gangart berichtet: das eine Bein immer weit vorwerfend – immer war ihm das eigen gewesen. Das Gesicht etwas gedunsen, die Zahnlücke vorn, faulend; Zahnärzten hatte er sich immer verweigert. Die dunklen Haare, die er früher ausschweifend schön locken ließ, hingen ihm regennaß, wirr ins Gesicht. Der Bart ungepflegt. Er trug einen langen, dunklen Übermantel, seinen weichen Filzhut mit Brillantenagraffe tief in die Stirn gedrückt. Er soll sich an diesem letzten Tag auffällig ruhig und gefügig gezeigt haben. Das Ärztekollegium war zufrieden mit dem Patienten. Ein pseudobraves Kind, würden wir heute sagen. Was verbarg sich hinter dieser stummen, fast infantilen Demutsgebärde?

Ich vermute: ein rasendes Haßpotential. Zum Schluß, ganz am Ende dieses seltsamen Lebens, muß nur noch angestaute Aggression, blinde Zerstörungswut in ihm gewesen sein. Daß das Schöne nur der Anfang des Schrecklichen ist, ist ja bekannt, nicht erst seit Rilke. Er haßte diesen Dr. Gudden, all die Ärzte und Gelehrten, die ihn jetzt wie Kerkermeister bewachten. Er haßte seine Familie, den Staat, die Regierung in München, die seinen Traum so schmachvoll beendet hatten. Er hatte angeordnet, seine Schlösser in die Luft zu sprengen. Er hatte in den letzten, düsteren Tagen der Freiheit wiederholt nach Zyankali verlangt. Er muß vor allem von einem tiefen Selbsthaß überschwemmt worden sein, ganz zum Schluß. Alles spricht dafür, daß der Drang zur Selbstvernichtung, den er immer gekannt hatte, jetzt übermächtig wurde. Es ist möglich, daß dieser Todestrieb zugleich von irren Fluchtideen durchkreuzt wurde. Das Volk drüben am anderen Ufer des Starnberger Sees hielt ja tatsächlich zu ihm, und nicht nur dort. Wahnhafte Ideen letzter Befreiung sind nicht ganz auszuschließen. Sterben ist ja immer auch eine Befreiung, phantastisch. Wohin gehen wir, wenn wir in den Tod gehen? Wohin führt denn die Reise?

Er ist jedenfalls plötzlich, eben noch harmlos mit dem Doktor plaudernd, ins Wasser gestürmt. Er hat den Regenschirm, den Überhang und sein Jackett noch auf die Erde geworfen. Er watete in den See. Der Professor ist ihm, nach einigen Sekunden ratloser Verblüffung, nachgestürmt. Das Bild ist bei aller Tragik

IV Linderhof, westliches Gobelinzimmer (Musikzimmer)

nicht ganz ohne Komik. »Majestät!« soll der kleine Gelehrte vom Ufer her gerufen haben. »Wohin wollen Majestät denn?« Und gleich darauf: »So nehmen Majestät doch Vernunft an!« Ach, unsere Herren Psychiater – so viel hat sich da nicht geändert bis heute. Zwei hochgestellte Herren in schwarzen Roben, ins Wasser watend. Gudden muß ihn tatsächlich erreicht haben. Aber das war dann schon an jener Stelle im See, wo heute eben das Kreuz steht.

Es muß hier ein kurzer, mörderischer Kampf zwischen beiden Männern stattgefunden haben. Der See ist an dieser Stelle nur 1,50 Meter tief, für den Kleineren also gefährlich, für den Großen nicht so. Ludwig, der körperlich immer über Bärenkräfte verfügte, muß nach einigen kräftigen Schlägen den Professor, der ihn natürlich retten wollte, einfach runtergedrückt und wie eine bösartige Katze ertränkt haben. Einige Beulen und Kratzwunden an der Leiche Guddens haben das später nahegelegt. Er ist im Dienst seines Königs gestorben. Jeder Psychiater muß auch heute noch mit ähnlichen Überraschungen rechnen: Berufsrisiko, sagen wir. Immerhin: Später, aber das war erst nach Stunden, es ging schon auf Mitternacht zu, hat man dann beide Leichen im Wasser gefunden, treibend.

Es blieb, wie gesagt, bis heute ungeklärt, wie Ludwig selber zu Tode kam. Einfach ertrunken

V Kronprinz Ludwig, 1863

kann er nicht sein. Das Wasser ist hier zu flach. Die abenteuerlichsten Vermutungen haben sich im Laufe der Zeit um diesen dunklen Punkt gerankt. Es wurde Königsmord gerochen. Es wurden in allen Richtungen finstere und geheime Mächte gesichtet. In der Tat ist der Phantasie großer Spielraum gegeben. Nach allem, was zur Sache kritisch zusammengetragen wurde, dürfte sein Ende sehr viel undramatischer verlaufen sein. Die Medizin vermutet heute, daß Ludwig nach diesem Kampf, vielleicht auch nach der jähen, blitzartigen Erkenntnis, einen Menschen getötet zu haben, einen Schock erlitten hat, der einen Herzinfarkt auslöste. Ein plötzliches Kreislaufversagen: Er ist zusammengebrochen, ohnmächtig geworden, dann im Wasser erstickt. Es paßt sehr gut in das Dunkel dieses Lebens, daß genaue Obduktionsbefunde bis heute nicht öffentlich zugänglich sind.

Ein schrecklicher Tod, ein tragisches Ende, wie man immer wieder gesagt hat. Es ist wahr. Ich stelle es mir trotzdem als eine Erlösung vor. So oder so: Es muß für ihn wie eine späte Befreiung von einer furchtbaren, tiefen Qual gewesen sein. Sein Leben ist ja nur auf der Vorderseite glanzvoll und strahlend gewesen. Auf der Rückseite muß es eine verborgene, sehr komplizierte Leidensgeschichte gewesen sein. Die Wunde des Amfortas, blutend, und Parsifals Sehnsucht nach Erlösung. Man ist nicht ganz falsch beraten, wenn man heute Richard Wagners letzte Oper als Ludwigs Seelengeschichte deutet. Wagner, dem Persönliches, Autobiographisches ganz fernlag, in seinem Musikwerk, hat sich hier Ludwigs Geschichte angenähert: die Kunst als Erlösung von einer verborgenen Qual.

Was war gewesen? Was lag vor, und wie verlief diese Leidensgeschichte? Ich will versuchen, sie etwas durchsichtig zu machen.

VI Brunnen mit vergoldeter Najade im Schloßgarten von Linderhof

Eine Art Auferstehen

Man kann natürlich sagen: Was soll das Ganze? Es ist nun schon über hundert Jahre her; tot und verstaubt die kalte Pracht von damals, etwas komisch auch all der Plüsch der Gründerjahre. Was soll's? Zwei Weltkriege haben getobt. Etliche Revolutionen haben stattgefunden, linke und rechte. Die Königshäuser sind darüber zerbrochen. Gottlob, sage ich als Republikaner. Gott sei Dank sind all die gekrönten Häupter dahin. Ich bin ein Demokrat. Ich denke an all die Toten, an all das Blut, das geflossen ist von Auschwitz bis Stalingrad. Und jetzt kommst du mit so einem König, nicht einmal erster Güte? Wenn's wenigstens Karl IV. von Böhmen oder Philipp II. von Spanien wäre! Noch so ein Rührstück, den Märchenkönig betreffend? Willst du noch einen Kranz flechten? Nein, sage ich. Ich spüre nur: Hier liegt ein Stoff. Sein Leben war so untypisch nicht. Man müßte es nur seiner pompösen Verkleidungen entledigen. Ich vermute, daß darunter eine Krankengeschichte sichtbar wird, die, obwohl anders begründet, durchaus vom Rang etwa der Krankengeschichte Nietzsches ist. Man müßte seine Krankheit dann in den

Kontext seiner Gesellschaft stellen. Er war schließlich der König in einem bestimmten Augenblick der Geschichte, am Ende einer Epoche. Es ist doch ein sehr deutsches Thema, um das es in seinem Leben geht: wie Macht und Wirklichkeit langsam entgleiten, wie Politik versagt und langsam in Kunst umschlägt. Verwechslung von Realität und Traum, und wie das alles, scheiternd, dann nicht ohne Großartigkeit untergeht. Ludwig – ein präfaschistisches Kostümstück im Allgäu? Ich hüte mich vor so groben Vereinfachungen. Ich sage nur: Nach Hitler sieht man diesen Traum vom Märchenkönig natürlich anders, kritischer, nüchterner. Ich will sein Leben ernster nehmen, als es bisher geschah. Offenbar ist es doch eine Fallstudie zur deutschen Geschichte.

Man kann wieder sagen: Übertreibst du nicht etwas? Ich erwidere: Komm mit und sieh es dir an! Er ist nicht mitgestorben mit all den vielen Millionen. Auf eine sehr merkwürdige Weise hat er alles überlebt. Er lebt noch in seinen Schlössern. Ich habe ihn selbst dort gesehen. Er verzaubert noch immer, zum Beispiel wenn man ganz kurz vor Füssen, hineingehängt in das wilde Allgäumassiv, zum erstenmal seinen tiefsten Traum sieht, Neuschwanstein genannt. Es hängt wie ein Kindertraum deutschen Mittelalters halbhoch in den blauen Bergen: steiler Fels, hohe Burg, breite Zinnen,

VII Der Maurische Kiosk im Schloßpark Linderhof

spitze Türme – einfach phantastisch. Ach, da ist sie ja, diese Kitschgeschichte, sagt man spitz und leicht abwehrend und spürt doch schon die Magie. Man möchte wegblicken und tut es doch nicht. Es ist wie eine Art Urerinnern: Das kennst du doch, irgendwie? Es gibt Augenblicke im Auto, wo sich der Blick verliert. Man spürt leichte Verluste. Es gibt neue Aufblicke. Ich sage nicht, daß sie entzücken. Ich sage: Magie, Gott sei Dank, da ist sie ja wieder! Es geht Zwang davon aus, Zauber ganz alter Geschichten – schöne Gefangenschaft, früh.

Ja, er lebt. Und wie er hier lebt! Zunächst einmal lebt die ganze Region Vorderes Allgäu heute von ihm. Fast eine Million Besucher kommen alljährlich hierher. Was wäre ein Städtchen wie Füssen ohne ihn? Ein anmutiges Kleinstädtchen zum Durchfahren. Es sollte Ludwigslust heißen. Ein immerwährendes Ludwig-Festival wird hier zelebriert. Wir sahen es dann am nächsten Morgen, als wir zum Schloß hochpilgerten. Man kann es nicht anders nennen: Pilgerzüge strömen in Massen. Sie klettern und kraxeln, sie schwitzen und stöhnen. Bunte Massen: Der Berg wimmelt von Menschen. Keineswegs sind es nur Bayern, die Königstreuen. Österreicher, Franzosen, Japaner, Amerikaner. Keineswegs sind das nur Alte. Es pustet viel Parka- und Jeansjugend. Die Szene erinnert an Wallfahrtsorte. Ich sah ähnliche Massen in Fatima. In Lourdes wird es wohl auch so sein. Nur daß die gesund hier sind. Sie suchen das Wunder für Augen.

Nein, ich werde Neuschwanstein jetzt nicht beschreiben. Es geht mir einstweilen noch um diesen Nachruhm, sein zweites Leben, eine Art Auferstehen. Wo immer dieser Mann baute – hundert Jahre später ist es zu einem Glanzpunkt, zu einer Perle der Landschaft, zu einem Märchen für große Kinder geworden.

Wir fuhren nach Schloß Linderhof. Man kommt dabei an der Wieskirche vorbei. Man durchquert sogar Oberammergau. Schön und gut, viel Betrieb, auch Bayern läßt hundert Blumen blühen, überall. Aber wenn man dann Richtung Kloster Ettal rechts nach Linderhof abbiegt, ist es wieder dieses Festival der Massen, das staunen macht. Ein endloser Strom von Besuchern, obwohl das Schloß klein ist. Von außen wirkt es wie eine Unternehmervilla der Jahrhundertwende, etwas pompös aufgetrieben. Aber das war ja Geist der Zeit damals, Epochenstil, Historismus genannt. Die zweite Hälfte des 19. Jahrhunderts war, politisch-moralisch gesehen, merkwürdig hohl und leer. Es gab keine verbindlichen Grundlagen. Man überblickte zum erstenmal die Geschichte im ganzen. Man hat ihre verschiedenen Stile einfach nachgebaut.

Nein, auch Schloß Linderhof werde ich jetzt

VIII Ludwig und seine Verlobte Sophie Charlotte Herzogin von Bayern

nicht beschreiben. Es ist unbeschreiblich. Sein Glanz, seine Pracht, all die blauen, lila und rosa Kabinette, das Speisezimmer mit dem berühmten Fahrstuhltisch, das Schlafzimmer schließlich, seine pompöse Anhäufung von Gold und Silber, Samt und Seide – es spottet jeder Beschreibung. Da muß man ja irre werden, sagte eine Frau neben mir, leicht erschaudernd. Sie verließ eben das Schloß. Wir kamen. Vielleicht hatte sie recht. Es stauten sich schwarze Massen. Der Eintritt kostet 4,50 DM. Die Leute blättern das hin wie an Kinokassen. Der Film heißt: Der König privat. Wer, wann, wo, wie? Das wissen sie gar nicht so genau. Es ist einfach die Pracht, die sie verzaubert. So viel Schönheit gab es einmal?

Auch zu dieser Frage werde ich mich nicht äußern. Ich denke nicht daran. Man kann da geteilter Meinung sein, wie meistens im Leben. Ich will dies sagen: Sein zweites Leben, seine Art Auferstehen kommt daher, daß er perfekte Illusionen, das Leben als Traum und absurde Vision hinterließ. Schwäne, Inseln, Grotten, Muscheln, Pfauen, Spiegel, Leuchter, funkelnde Salons, Schlafzimmer, als Märchen geträumt, und herrliche Spiegelsäle, wirklich phantastisch. Es war sein Wahn, noch einmal den Luxus, den Reichtum, den Glanz seiner Klasse herzustellen. Er war krank, er war süchtig, er war wirklich etwas verrückt – aber nur

IX Laubengang im Park von Linderhof

als Ästhet. Die Welt sollte wieder glitzern und glänzen wie am Weihnachtsabend. Das Leben als rauschhafte Phantasie. So etwas gibt es heute nicht mehr. Wir kommen alle aus vernünftigen Drei- oder Vierzimmerwohnungen. Wir kommen aus Mietskasernen oder kolossalen Betonsilos. Es ist aus mit dem Traum. So großer Wahn ist nicht mehr zu kriegen. Der Mensch aber wird nicht aufhören, vom Glanz zu träumen. Unsterblich ist nur – die Phantasie.

Daß er außerdem noch der König von Bayern war, war seine besondere Situation. Es war eine verzwickte Geschichte, ein ernstes Problem. Er hatte nämlich die Macht und die Mittel, seinen Träumen in Stein Gestalt zu geben. Davon wurde er verzaubert. Es entglitt ihm die Wirklichkeit, in die er politisch hineingeboren war, immer mehr. Er haßte schließlich die Politik. Es wurde ihm alles zur Kunst. Schein trat an die Stelle der Macht. Eine sehr deutsche Geschichte, sagte ich schon. Davon wird jetzt zu reden sein.

Schloß Nymphenburg oder Die erste Befragung

In diesem kleinen Grünen Salon hat alles begonnen. Hier hat ihn seine Mutter kurz nach Mitternacht zur Welt gebracht. Es war der 25. August 1845. Es muß ein großes, schönes Familienfest gewesen sein mit Großvater, Vater, Onkel und vielen Tanten. Es war das übliche Jubelfest damals, wenn Prinzen geboren wurden. Es wurden die üblichen Kanonenschüsse abgefeuert: hunderteins. Wie konnte man damals wissen, wie es dann enden würde, sein Leben? Es fing strahlend an. Schloß Nymphenburg, das damals ja noch draußen vor den Toren Münchens lag, wurde prächtig illuminiert. Die Münchener sollten wissen, welches Glück ihnen und dem ganzen Land widerfahren war. Der Kronprinz war geboren, endlich, nach einigen Fehlgeburten zuvor. Damals ist seine Familie mächtig stolz gewesen auf diesen prächtigen Sprößling. Später hat sich das ja gegeben.

Ludwig, lieber Ludwig! Ich frage dich jetzt nach deinen Eltern. Du darfst es nicht mißverstehen. Es ist nicht Indiskretion. Es ist nur so:

X Landschaft beim Schachenhaus, der Jagdhütte des Königs

Wir Heutigen wissen etwas mehr über solche Entwicklungen, wie sie dein Leben dann formten – sonderbar. Hinterher ist man ja immer klüger. Wir wissen heute zum Beispiel, daß sich beim Menschen alles in den ersten fünf Jahren entscheidet. Was man so Schicksal nennt, etwas großartig, hat viele kleine Ursachen am Anfang. Man muß sie nur fassen, rational, und eine nach der anderen sortieren. Was war los bei dir?

Warum hast du zum Beispiel deine Mutter später so verabscheut, ja manchmal richtig gehaßt? Zugegeben: Sie war eine Preußin. Prinzessin Marie kam aus Berlin, was gegen sie spricht. Sie war keine geistige Leuchte. Sie war etwas beschränkt. Bei literarischen Tees am Hof ist sie oft eingenickt oder hat mit ihrer Nachbarin geplaudert nach Damenart, über Kleiderfragen zum Beispiel. Ich habe nur deine Ablehnung, ja Kälte ihr gegenüber nicht ganz verstanden. Sie übertrug sich dann auch auf ihr ganzes Geschlecht. Du hast ihr zeitlebens vorgeworfen, daß sie an deinem geistigen Höhenflug nicht teilnehmen konnte. Lieber Ludwig! So etwas wirft man seiner Mutter nicht vor. Ich meine das nicht moralisch. Ich meine es psychologisch. Einer Mutter wirft man frühen Liebesentzug, Gefühlskälte, mangelnde Nestwärme vor, also Zerstörung des Urvertrauens. Zum Philosophieren über Gott und die Welt brauchen wir doch unsere Mütter nicht. Was war wirklich gewesen? Hat es frühe Verletzungen mit unbewußten Schuldkomplexen gegeben? Du hast doch später fast alle Frauen gehaßt. Was ist los gewesen?

Daß du zu deinem Vater keine innere Beziehung gefunden hattest, ist mir klar. Es war ein kultivierter, gebildeter Mann. Er hätte nicht unbedingt König werden müssen. Er wäre zur Not auch ein guter Professor für Kunstwissenschaften geworden. Dein Vater, also Maximilian II., und sein Vater, Ludwig I., also dein Großvater, sind es schließlich gewesen, die halb München aufgebaut haben, das schöne, das wir noch heute lieben: die Ludwigstraße, die Maximilianstraße zum Beispiel. Nur von Kindererziehung hat er offenbar nichts verstanden. Väterliche Wärme und männlichen Stolz hat er dir nicht vermitteln können. Er hat dir statt dessen die übliche, hölzerne Prinzenerziehung durch Hofbeamte zuteil werden lassen. Du bist eisern getriezt worden als Kind, wie Preußenprinzen. Man hat dir kaum Taschengeld gegönnt. Man hat dich oft hungern lassen. Damals hielt man solche Pädagogik für königlich. Vielleicht daß deine beachtliche Verschwendungssucht später, auch deine Maßlosigkeit im Essen hier ihre Wurzeln haben. Du warst ziemlich verfressen geworden, auf deinen einsamen Schlössern zuletzt.

XI Schachenhaus, der Türkische Salon

Es fällt weiter auf, daß du als Kind, etwa zehnjährig, bemerkenswert uninteressant, fast fad wirktest. In dem Alter, wo anderen Kindern meist natürlicherweise verspielte Grazie und Anmut eigen ist, sahst du überraschend banal aus: ein leeres Gesicht, die kurzgeschnittenen Haare brav gescheitelt – kleiner Beamtensohn, könnte man vermuten. Aber als dann die Pubertät vorbei war, begann jene merkwürdige Verwandlung mit dir, die die Welt später in Staunen versetzt hat. Es war, als wollten die Hormonstöße, die jetzt einsetzten, dich nicht eigentlich zum Mann, sondern sofort zu einem Traum von Mann hochtreiben. Du wuchsest zu einem Engel heran. Nicht daß du unmännlich wirktest, im Gegenteil; du warst schon mit siebzehn wie ein Adonis oder Apoll. Als du mit achtzehn den bayerischen Thron bestiegst, warst du jener Götterjüngling, dessen herrliches Bild der Welt bis heute in Erinnerung blieb. Es muß eine enorme erotische Ausstrahlung von dir ausgegangen sein, nicht nur auf Frauen; alle, selbst hartgesottene Generäle und mindere Ministerialbeamte, waren verwirrt und hingerissen von deiner Gestalt.

Ich verstehe auch den Konflikt, der später einsetzte. Er war vorprogrammiert. Wenn man sich heute die Bilder deiner Regierungschefs von damals ansieht: den ehrgeizigen Johannes Lutz, Kabinettschef zum Beispiel, den du tief verachtetest, der sich aber unentbehrlich gemacht hatte, weil er die Regierungsgeschäfte betrieb, oder den Herrn von Pfistermeister, deinen Kabinettssekretär – alles ordentliche, brave Männer, ehrgeizige Politiker, Bürokraten. Sie sehen wie Sanitätsräte aus mit Opabart und Brille. Wie banal, wie irdisch sie neben dir wirken! Das konnte nicht gutgehen. Du warst aus einem anderen Stoff. Soll ich sagen: dem, aus dem die Träume sind? So etwas war schon im Spiel: Schönheit, die waffenlos macht. Du warst ein Götterjüngling, nicht ganz von dieser Welt. Es war ja nicht nur die stolze, hohe Stirn, die lange Haarpracht – vor allem deine Augen, groß und sehr dunkel, müssen unheimlichen Glanz ausgestrahlt haben. Erfahrene Ärzte, die dich in Bad Kissingen beobachteten, haben schon damals gesagt, es läge da Wahnsinn drin, in deinen Augen. Die Schönheit ist ja ein Abgrund, in den wir stürzen.

Ja, was ist eigentlich gewesen am Anfang? Ich vermute, man muß unter den neurotischen Defekten noch etwas tiefer kratzen. Es sind gewisse erbliche Belastungen zu vermuten. Schließlich stammst du aus einer sehr alten Familie: Siebenhundert Jahre trugst du mit dir herum, und man weiß ja, daß so alte Stammbäume zum Ende hin, einfach vom Biologischen her, manchmal exotische Blüten treiben. Man nennt das Degeneration und Verfall. Es

XII Türkischer Salon, Vasendetail

hat manche Psychosen gegeben in eurer alten Familie.

Daß du väterlicherseits, also von der Linie der Wittelsbacher her, kaum Belastendes mitbekommen hast, muß man den Geschichtsschreibern Bayerns wohl glauben. Sie lassen auf das eigene Haus nichts kommen. Aber da war deine Mutter, die aus der preußischen Linie der Hohenzollern bedenkliches Erbgut eingeschleppt hatte. Die Fachbücher zur Sache verweisen auf die vielen »Geschwisterkinder-Ehen«, die damals üblich waren. Sie weisen auf Friedrich des Großen Homoerotik und geben bei Friedrich Wilhelm II., König von Preußen, zu bedenken »seine ungezügelte Sinnlichkeit und seine laxen moralischen Auffassungen«. Bitte, ich will nicht weiterschürfen. Du warst auf jeden Fall hinreichend erblich belastet, und bei deinem jungen, armen Bruder Otto ist ja dann Anfang der siebziger Jahre tatsächlich eine massive Schizophrenie ausgebrochen. Sie hat sein Leben für immer verdunkelt: Ottos Schicksal war natürlich ein Menetekel für dich.

Lieber Ludwig, was mache ich? Ich tappe im Halbdunkel. Ich stochere in frühen Geschichten herum. Ich würde so gern dich verstehen, von Anbeginn. Es ist auch nicht alles zur Sprache gekommen. Ich kann jetzt abschließend nur zusammenfassen: Du warst schon 1864, als du dein Amt antratst, achtzehnjährig, ganz einsam. Du warst zu einem Narziß herangereift, der die Welt blendete und betörte, aber nicht zu ihr konnte. Du warst schon ein Gefangener, damals deiner selbst. Du lebtest schon in dieser Burg, die du dann später bauen würdest. Zur wirklichen Kommunikation, zur Partnerstufe bist du nicht herangereift. Den Ödipus, würde Freud sagen, hast du nicht mehr erreicht. Du bist auf der Reifungsstufe des Narziß hängengeblieben. Gläserne Wände nach allen Seiten: Du kamst da nicht durch. Es muß wie eine Seifenblase gewesen sein, in der du leben mußtest: schillernd, undurchdringlich, ganz allein.

Es ist dir kein Vorwurf zu machen. Deine Gefangenschaft, die Seifenblase war vorprogrammiert. Du hast ganz am Anfang sogar redlich versucht, die Rolle des Königs wie erwartet zu übernehmen. Wir nennen das dissimulieren; ein Kranker tut so, als sei er gesund. Du hast jeden Morgen schon um neun an deinem Schreibtisch vor Aktenbergen gesessen und ungeduldig nach den Ministern gefragt. Bei unklaren Fällen hast du deine Berater gefragt: Wie hat das mein Vater gemacht? Irgendwie rührend, diese bemühte Gebärde der Anpassung, aber sie war aus der Tiefe deiner Person nicht beglaubigt. Schon nach einem Jahr hat dich das alles gelangweilt. Die Staatsgeschäfte widerten dich an. Du begannst München, den

XIII Die Wettersteinwand hinter dem Schachenhaus

Hof und dessen Gesellschaft zu meiden. Du zogst dich schon jetzt immer öfter in die Einsamkeit deiner Berge zurück. Bayerns Natur, seine Gebirge und Seen, vor allem das Allgäu, hast du inbrünstig geliebt.

Menschenscheu, hat man gesagt. Ich weiß nicht so recht. Im Grunde warst du ja von einer rasenden Sehnsucht nach Liebe und Freundschaft erfüllt. Es ging nur immer schief, schlußendlich. Auf die verrückteste Weise hast du immer Kontakte gesucht. Einmal hast du dich sogar mit dieser kleinen Sophie, Herzogin in Bayern, verlobt. Wie absurd, lieber Ludwig! Du hattest Familie, Hof und Staat in der Hoffnung gewiegt, du würdest dich mit dieser braven Prinzessin vermählen. Wie konntest du nur, und welch ein Mißverständnis! Für Frauen warst du doch schon gar nicht geschaffen. Eines Morgens hast du vom Fenster deiner Münchener Residenz Sophies Büste einfach auf die Straße geknallt. Das krachte nur so unten. Wie wahr und wie gut: Narziß war frei.

Allerdings, ich sage es schon hier vorweg: Dein Narzißmus war von eigener, besonderer Art. In dich selbst als Person warst du überhaupt nicht verliebt. Auch in deinen Körper warst du nicht vernarrt, sieht man von deinem deutlichen Haarfetischismus ab. Tatsächlich waren dir deine Friseure zum Schluß wichtiger geworden als deine Minister. Ein Spiegelschönling bist du trotzdem nicht gewesen. Es verblüfft, wie wenig Bilder es von dir in deinen Schlössern gibt. Du bist ganz uneitel gewesen. In deinen späteren Jahren fällt deine miserable Garderobe auf, die schlechtsitzenden Anzüge, die übergroßen, schiefhängenden Mäntel. Auf einem späten Foto mit Kainz siehst du fast wie ein Viehhändler aus Augsburg aus, in der Kleidung ziemlich heruntergekommen. Dein Narzißmus, der alles bestimmte, war nicht so äußerlicher, oberflächlicher Art. Er ging tiefer. Wie tief und wohin? Darf ich darauf zurückkommen, später?

XIV Allee auf Herrenchiemsee

Der König und Wagner

Historisch gesehen hat Ludwig II. mindestens zwei Verdienste, die bleiben werden. Einmal würde es das Gesamtwerk Richard Wagners nicht geben ohne seinen mäzenatischen Geist. Das ist nun eine lange, verzwickte Geschichte. Man kann sie nicht subtil genug auseinandernehmen; zu Kompliziertes spielt auf beiden Seiten. Sicher waren jugendliche Begeisterung und Verliebtheit am Werk, als der junge König, kaum auf dem Thron, seinen Kabinettssekretär von Pfistermeister ausschickte, den unbekannten Schöpfer des LOHENGRIN zu suchen. Aber von Anbeginn galt diese Liebe nicht nur dem Mann, auch der Sache. Er hatte Wagners Schriften schon als Zwölfjähriger gelesen, er hatte LOHENGRIN schon vor Jahren als Kronprinz gehört. Er war begeistert, er war hingerissen. Es muß dann für den jungen König eine Offenbarung gewesen sein, als er in die Welt Wagners eintrat: Lohengrin und Tannhäuser, das Sängerfest. All die Gestalten, Helden und Märchen des deutschen Mittelalters geisterten ja damals spätromantisch durch die Leere der Zeit, Historismus genannt.

Dabei bin ich nicht einmal sicher, ob Ludwig

wirklich musikalisch war. Es liegt etwas Steriles, Genußsüchtiges über der Art, wie er Musik konsumierte. Eine kreative Künstlernatur ist er mit Sicherheit nicht gewesen. Auch über seinen eigenen Kunstwerken später, den Schlössern, liegt etwas merkwürdig Nachempfundenes und Dekoratives, das mißtrauisch macht. Es sind eigentlich alles Bühnenprospekte von Kunst, nicht Kunst. Wahrscheinlich hätte er heutzutage einen exzellenten Bühnenbildner, vielleicht auch einen Werbefotografen von Rang abgegeben. Das Echte jedenfalls interessierte ihn nicht. Er benutzte die Kunst, um private Stimmungseffekte auszulösen. Er war ohne Frage ein Großmeister der Illusionen: Schein hieß seine Lust, Theater sein Leben.

Es war also nur natürlich, daß Wagner sein Schicksal wurde. Es hat in der deutschen Musik kein zweites Genie gegeben, das den Schein so zum Kunstwerk hochtrieb. Er war der Magier und Zauberer schlechthin. Wagners Musik ist wie eine Droge. Sie berauscht. Man kann sich nur entziehen oder ihr verfallen.

Man kennt die Geschichte, wie Ludwig Richard Wagner, verarmt, verschuldet, verzweifelt an sich und der Welt, aus Stuttgart nach München zu sich kommen ließ. Es gab eine kurze Phase rauschhafter Begeisterung, übrigens gegenseitig. Es hatte, wie alles in Lud-

XV Richard Wagner

wigs Leben, etwas maßlos Übertriebenes. Homoerotik war eindeutig im Spiel, zunächst. Wagner hat das gespürt. Er hat sogar mitgespielt, kurzfristig. Es muß für diesen handfesten Liebhaber der Frauen eine verwirrende Irritation gewesen sein: ein einundfünfzigjähriger Mann, äußerlich schon zerknittert, ziemlich gealtert, von Gestalt klein und eher komisch, dazu auch noch sächselnd – und ein neunzehnjähriger Jüngling, ein Gott von Gestalt, der auch noch sein König, sein glühendster Bewunderer, außerdem noch sein Geldgeber war; Eros lockte sehr reich.

Man weiß, wie diese rauschhafte Beziehung dann zerbrach. Ludwig hatte ihn überschüttet mit Geld, mit Gold, mit Häusern und sehr großen Gehältern. Es wurde in München ein gewaltiges Festspielhaus geplant. Des Königs Verschwendung für Wagner wurde zum öffentlichen Ärgernis. Törichte Versuche Wagners zum Sturz des königlichen Kabinetts kamen hinzu. Wagner war überhaupt selbstherrlich und sehr großzügig im Nehmen. Er war neben Nietzsche das Genie seiner geistlosen Zeit, und wie alle großen Künstler war er nur an einem interessiert: seinem Werk. Große Naturen sind immer selbstsüchtig. Sie müssen es sein. Von Goethe bis Brecht, alles Höflinge und Diener der Macht, nur um ihr Werk durchzusetzen. Erst kommt die Kunst, dann die Moral.

XVI Elisabeth, Kaiserin von Österreich – Ludwigs heimliche Liebe?

In der Tiefe ist die Beziehung zwischen Ludwig und Wagner nicht am Geld, auch nicht an der Politik zerbrochen. Eros war schuld. Die Cosima-Geschichte ist bekannt. Natürlich hatte Wagner den König belogen, als er ihm schwor, mit dieser Tochter Franz Liszts, der Frau von Bülow, keine sexuellen Beziehungen zu haben. Sie sei bei ihm nur eine Art Sekretärin. Ach Gott, sehr stark war dieser Magier im alltäglichen Schwindeln nicht. Jedem Filialleiter einer Bank würde heute Überzeugenderes einfallen. Das Intime ist eher banal. Aber für Ludwig brach eine Welt zusammen, als sich der Freundesschwur als Lüge herausstellte. Er war tödlich verletzt. Eine große Liebe, wahrscheinlich die einzig tiefe seines Lebens, brach zusammen. Er hat sich vom Schmerz dieser Enttäuschung nie mehr erholt. Ein erster Bruch wird offenbar. Sein langer Weg nach innen, all seine Fluchten später kommen ganz tief aus der Dynamik dieser ersten Vereinsamung.

Aber es ist Ludwig zugute zu halten, daß er trotzdem dem Werk immer die Treue hielt. Es macht ein Stück Größe seiner Person sichtbar, daß er Wagner als Künstler nie im Stich ließ. Er hat, verletzt und tieftraurig, Wagner aus München weggeschickt. Er hat ihn nun immer von sich weggehalten. Er ging auf Distanz, aber was das Werk betrifft, so setzt nun eine sehr komplizierte, lebenslängliche Ferngeschichte

XVII Herrenchiemsee, Figurenpark

ein, von der ich schon sagte: Man kann sie gar nicht subtil genug registrieren.

Es gab immer noch Besuche gegenseitig, kurzfristig, es gab einen lebenslänglichen Briefwechsel. Es gab Augenblicke, wo sich die glimmende Glut wieder zu entfachen schien. Es gab Kräche und tiefe Verstimmung, alles per Distanz. Das Entscheidende ist: Ludwig ist nie nachtragend, nie rachsüchtig gewesen. Immer wenn Wagner finanziell am Ende war, und das war eigentlich ein Dauerzustand, hat Ludwig geholfen. Als der Bau des Bayreuther Festspielhauses ins Stocken geriet, als Wagner seinen Traum zusammenbrechen sah, hat Ludwig an ihn geschrieben: »Nein, nein, – ich muß Ihnen zur Hilfe kommen« und wieder einmal dreihunderttausend Gulden zugelegt.

Ludwig ist sogar im ersten Festspieljahr in Bayreuth gewesen. Ich spreche von jener denkwürdigen Nacht vom 4. auf 5. August 1876. Es muß eine schwierige, wunderliche Begegnung gewesen sein. Der königliche Hofzug mußte, um kein Aufsehen zu erregen, mitten in der Nacht auf offener Strecke, unweit der Rollwenzelei, halten. Diener mit Fackeln erleuchteten die Szene. Dort ist der König ausgestiegen: ein breiter, schwerer Mann schon, im schwarzen Mantel. Wagner hat sich in der Kutsche dann freudig erregt neben ihn gesetzt. Er trug einen Frack. Ludwig aber soll damals etwas indigniert von ihm abgerückt sein. Er soll so viel Vertraulichkeit als despektierlich und gegen die höfische Etikette empfunden haben. Er war der König, Wagner sein Untertan.

Hochverzwickt ist ihre Beziehung gewesen, denn als im Festspielhaus dann das Licht ausging, ganz langsam Wagners Musik begann, war es natürlich wieder umgekehrt: Ludwig versank. Er war dem Magier untertänig. Und so ist das immer weitergegangen: hochkomplex. Als Ludwig schließlich von Wagners Tod in Venedig hörte, soll er so rasend vor Schmerz auf den Boden gestampft haben, daß der Marmor zerbrach. Er soll gerufen haben: »Die Leiche gehört mir!« Aber zur Beerdigung Wagners ließ er sich dann wieder entschuldigen. Da stand ja am Grab des Geliebten die Cosima-Sippe. Hochkompliziert ist alles gewesen.

Es spricht auf jeden Fall für Ludwig, daß er das Werk Wagners als erster erkannt und ökonomisch ermöglicht hat bis zum Schluß. Nein, er selbst war kein Künstler. Er roch aber die Kunst. Ich glaube, er roch in Wagner das Stück Wahnsinn, das uns noch heute trifft, wenn die WALKÜRE oder der PARSIFAL aufklingt. Im Wahn waren beide eins.

XVIII Herrenchiemsee, das königliche Paradeschlafzimmer

Herrenchiemsee oder
Die zweite Befragung

Zweimal sind wir im Schloß hier gewesen. Von dem Touristengewimmel in Stock-Prien will ich nicht reden. Stock-Prien – der Name sagt alles. Ich wiederhole nur: Er lebt. Er lebt ganz erschreckend in diesen Massen, die sich hier sammeln. Es hat etwas von Fußballweltmeisterschaft und Oktoberfest an sich, wie sie hier kommen und gehen, in endlosen Scharen. Aber auf der Insel drüben bei ihm war es dann schön.

Beim ersten Besuch war es ein leuchtender, strahlender Herbstmorgen. Der Himmel war blau mit ein paar bayerischen Wölkchen dazwischen: Weißblau flatterten die Fahnen. Es tanzte das Wasser in hohen Fontänen. Es zogen Schwäne stilecht ihre Bahn, und Kutschen rollten auf Kieswegen. Es lag eine blitzblanke Sonne über dem herrlichen Bau, der, wenn auch unvollendet und etwas abgewandelt, tatsächlich Schloß Versailles den Augen vorzaubert, eine Fata Morgana, französisch, mitten in Bayern. Manches ist kunstvoller, noch prächtiger als im Original. Daß zum Beispiel der berühmte Spiegelsaal nicht blind und etwas verdreckt ist wie in Versailles, hat meinen Beifall gefunden. Die Spiegel hier sind blank, kristallklar und eröffnen raffinierte Perspektiven. Es geht auch bei Königen nichts über Sauberkeit, deutsch.

Als wir das zweitemal im Schloß waren, da ist es wieder geschehen. Es war Samstag, es regnete, und samstags abends, jedenfalls zur Sommerzeit, wird hier nach Einbruch der Dunkelheit im Schloß das Lichterfest zelebriert. Das Schloß empfängt. Es brennen viertausend Kerzen. Ich wollte das sehen, das Anzünden der Kerzen, meine ich, den Ritus. Wie machen sie das? Es war uns gelungen, eine Stunde vor Beginn ins Schloß zu dringen.

Es war ganz leer. Wir ganz allein in Versailles. Es sind etwa dreißig Angestellte, die mit langen Zündstäben ausschwärmen. Die gewaltigen Kronleuchter werden sehr vorsichtig heruntergekurbelt, elektrisch. Jede Kerze wird dann einzeln entzündet. Und wenn dann der ganze Set wieder langsam nach oben schwebt, wieder elektrisch, sieht es märchenhaft aus im Spiegelsaal. Viertausend Wachskerzen geben ein ganz warmes, zartes Licht. Es war eine leuchtende Stunde feudaler Kultur. Ich sage nur: Glanz.

Als ich hier herumirrte im leeren Schloß, ich glaube, es war im großen Paradeschlafzimmer

XIX Herrenchiemsee, die große Spiegelgalerie

Ludwigs XIV., das wirklich überwältigend ist – da meine ich, ihn wieder gesehen zu haben. Er saß, geschützt von einem Samtvorhang, in einem Sessel. Er hatte ein Buch auf den Knien. Er sah mich versonnen, fast traurig an. Er las nicht. Er zitierte. Er sagte zu mir, beinah flehend: »Geh leise, denn du gehst auf meinen Träumen!« William Butler Yeats, fuhr es mir durch den Kopf. Der König ist ungeheuer belesen. Er kann halbe Schiller-Dramen auswendig.

Ich war so verstört, daß ich mich im ersten Augenblick ganz im Ton vergriff. »Majestät!« erwiderte ich. »Gewiß, gewiß, was tue ich denn anderes, als Seiner Majestät Träumen zu huldigen? Der Traum ist nach Sigmund Freud die Via Regia zum Unbewußten. Und wir sind doch schon ein gutes Stück vorangekommen in unserer Traumanalyse – oder? Ich bin doch der einzige, der Ihre Träume wirklich ernst nimmt. Die anderen lachen darüber oder machen ein solches Spektakel daraus, wie es jetzt hier auf dem Programm steht. Zehn Mark kostet der Eintritt!« Doch da, als ich von Geld zu sprechen begann, war seine Erscheinung ganz plötzlich verschwunden.

Ludwig, lieber Ludwig – schrecklich, wie unsere Träume enden! Wenn du sehen könntest, wie unten die Massen jetzt drängen! Sie werden gleich reinströmen. Rücksichtslos und rabiat werden schwarze Rudel von Ratten massenhaft über deinen Traum herfallen, und einige Ratten weiblichen Geschlechts auch noch in festlicher Abendrobe: das lange Seidene mit Pelzumhang und festlichem Hut. Die glauben: Empfang beim König! Ich weiß, daß du rasen würdest. Du wärest so fassungslos, daß du, weglaufend, den Dienern unten nur zurufen würdest: Dynamit! Das Schloß samt Besatzung in die Luft sprengen! Denn das eben hattest du ja nicht gemeint, nicht gewollt: Menschen.

Die Menschen waren dir längst zu einer unerträglichen Qual geworden. Das Leben, des bin ich sicher, ist überhaupt nichts anderes als eine Kette von Mißverständnissen. Welch ein Mißverständnis hier: Du wolltest Schloß Versailles für dich ganz allein. Ein bißchen exzentrisch war es schon: den Mittelpunkt des französischen Hoflebens, all diese prächtigen Versammlungssäle der Gesellschaft für dich ganz allein und auf einer kleinen Insel. Nur dir zur Augenweide. Nur deine zwei Kinderaugen sollten das sehen.

Ich frage dich jetzt nach deinem zweiten Entwicklungsschub. Sagen wir 1872, ungefähr. Was ist damals geschehen – in dir? Daß du in München ins Politische und Reale nicht vorstoßen konntest, ist geklärt. Alle Läden waren runter, alle Schotten dicht – nach außen ging es

XX Herrenchiemsee, Prunktreppenhaus

nicht weiter, bei dir. Es ging nur nach innen. Du hattest nur noch dein Ich, auf das du dich zurückziehen konntest. Nur dein Ich war dir geblieben und allerdings deine soziale Rolle. An der Idee deines Königtums hast du ja trotz aller Abdankungsphantasien merkwürdig zäh festgehalten, bis zum Schluß.

Du hast nun dein vereinsamtes Ich mit deiner Rolle identifiziert, du hast den ganzen Komplex verinnerlicht, man kann auch sagen: verdrängt, denn das Ganze geschah unbewußt, und nun hattest du einen ganz neuen Spielraum – nach rückwärts. Nach rückwärts war freie Bahn. Du hast jetzt die Idee des Königtums historisch nach rückwärts gelebt. Da war ja Platz, massenhaft. Du bist zum Schluß immerhin beim Kaiserpalast in Peking gelandet. Merkwürdig, daß du nicht bis Ägypten fandest. Die Pharaonen dort – sie wären ein großes Thema gewesen, für dich.

Ludwig, lieber Ludwig! Ich weiß nicht, ob du mir folgen kannst. Es ist in der Tat verzwickt, für Laien kompliziert. Aber das Phänomen ist in der Psychopathologie heute bekannt. Man nennt es narzißtische Regression. Wer nicht ausgereift als Ich zum Du kann, kann zurückgreifen auf sein frühes Kinder-Ich. Er kann es dann groß aufblasen. Natürlich ist das ein neurotisches Arrangement – immerhin, auch so kann man weiterleben. Mit der politischen Seite deiner Königsrolle wurde es immer weniger. Ihr historisches Element aber gewann nun Gewalt über dich. Du warst fasziniert von der Königsidee, du hast sie mythologisiert und wurdest nun zum Baumeister dieses Königsmythos.

Es war doch in dieser Zeit, wo du wie versessen zu lesen begannst: lauter historische Bücher. Idee, Geschichte und Stil der Könige von Frankreich. Du hast ganze Bibliotheken in dich hineingefressen, auf deine eigene, maßlose Liebhaberart. Du bist öfters deswegen auch kurzfristig nach Frankreich gereist. Politisch gesehen war das alles sehr unklug, auch unzeitgemäß, nicht nur weil Deutschland ja eben Frankreich besiegt hatte: Sedan 1870.

Du hast dich überhaupt von der Zeit immer mehr entfernt. Es standen doch damals im beginnenden Hochkapitalismus alle Zeichen der Zeit auf wachsende bürgerliche Demokratie. Das Zeitalter der Könige ging zu Ende. Es drängte das Volk nach Souveränität. Dich hat das nicht interessiert. Du hast das gar nicht bemerkt. Du warst ganz unpolitisch geworden. Politisch gesehen warst du ein ganz schöner Reaktionär. Deine Angst vor Sozialdemokraten und überhaupt vor Anarchisten war so unbegründet nicht. Kam diese Angst, unbewußt, aus deinem Schuldkomplex?

Doch lassen wir das. Es gilt deine Verwand-

XXI Herrenchiemsee, Blick auf den Latonabrunnen im Park

lungen zu entschlüsseln. Wie kam es später zu diesem Märchenkönig? Ohne Frage: Du hast aus deinen Niederlagen strahlende Siege gemacht. Nur wie? Ich meine, es fing damit an, daß du in diesen Jahren ein merkwürdig übersteigertes Ich-Bewußtsein produziertest. Je weniger du im Amt des Königs leistetest, politisch, um so größer wurde dein moralischer Anspruch, gleichwohl die Majestät, der absolute Souverän zu sein.

Stilfragen höfischer Etikette und andere Äußerlichkeiten begannst du jetzt eifersüchtig zu beachten. Du hast dich dann in der Einsamkeit deiner geliebten Berge im Allgäu immer mehr hochstilisiert zur absoluten Majestät. Man kann von einer Ästhetisierung der Macht sprechen. Du warst krankhaft überempfindlich geworden in Fragen deiner eigenen Würde und Macht – wenn auch nur theoretisch.

Erinnerst du dich, wie dich 1870 das Dogma der Unfehlbarkeit des Papstes erregte? Du warst, obwohl treuer Sohn deiner Kirche, tiefbesorgt durch das Dogma und hast beträchtliche diplomatische Aktionen in Gang gesetzt. Daraus sind dann ja die Altkatholiken entstanden. Es ist klar, worum es ging: Du warst neidisch. Du wolltest der Unfehlbare sein. Du sahst jetzt überall deine Souveränität bedroht. Du kamst dir wie Ludwig XIV. vor. »Der Staat bin ich« – das wurde jetzt deine ebenso hehre wie leere Formel.

Aber nein, keine Spur: Ich will dich nicht kränken. Ich will überhaupt nichts herabsetzen. Nur ein bißchen verstehen möchte ich schon den Prozeß. Ich sehe ihn auch nicht nur pathologisch. Es spielten sicher auch historische Motive mit. Oder soll ich sagen: genealogische? Diese ehrwürdige Familie, aus der du kamst, ich meine jetzt nicht das Stück erblicher Belastung. Ich meine deine Situation ganz am Ende. Du warst doch der letzte in dieser langen Kette: das schöne Schlußlicht, aufleuchtend. Die letzten erben immer das Ganze. Die ganze Geschichte von früher fällt ihnen zu. Sie müssen alles, was war, noch einmal durchkauen – im Geist. Wie doch die Macht schließlich zu Kunst zerfällt. Du hattest nur noch Kunst im Kopf – zum Schluß. Eigentlich ist das ganz normal. Es wird die Welt, bevor sie zerfällt, zum Schluß in ein paar Kunstwerken enden. Da bin ich sicher.

Und das wurde dein spätes Geschäft: Ein phantastisches Kunstgewerbe der Königsidee hast du betrieben, nicht wahr?

XXII Blick von Neuschwanstein auf Hohenschwangau und den Schwanensee

Der König und Bismarck

Sein zweites historisches Verdienst ist politischer Art. Ludwig II. hat bei der Gründung des Deutschen Reichs eine Rolle gespielt. Er hat damals das von Bismarck gewünschte Wort zur deutschen Einheit gesprochen. Man sollte dieses Motiv gerade heute nicht ganz übersehen, obwohl man über die Qualität dieses Reichs durchaus geteilter Meinung sein kann. Es hat sich in vierundsiebzig Jahren als ziemlich gußeisern erwiesen, pseudostark: nach innen autoritär, nach außen eher aggressiv. Ich bin der letzte, der Reichsmythologien verbreiten möchte. Aber zu sehen ist auch, daß die Überwindung der deutschen Kleinstaaterei damals fällig und die Gründung eines deutschen Nationalstaates historisch ein Fortschritt war.

Das ist nun die berühmte Geschichte des »Kaiserbriefes«, den Ludwig am 30. November 1870 von Hohenschwangau an die Versammlung deutscher Fürsten in Versailles schrieb. Abschrieb, müßte man eigentlich sagen, denn er formulierte nur geringfügig einen Brieftext um, den Bismarck ihm vorgeschrieben hatte. Einer der Fürsten mußte ja dem König von Preußen die deutsche Kaiserkrone anbieten. Man kann sagen: Das hatte Bismarck nun wirklich schlau eingefädelt, sein Werk durch Bayerns Souverän absegnen zu lassen. Der preußische Junker und kluge Baumeister des Reichs hat Ludwig benutzt für seine Zwecke. Das mag wohl so sein, einerseits. Andererseits war zwischen beiden immer mehr im Spiel.

Außerdem ist es ein Fehler, sich Ludwig in Fragen bayerischer Souveränität als Träumer vorzustellen. Er konnte eminent politisch reagieren, wenn es um Grundrechte ging. Er konnte knallharte Forderungen stellen. Er besaß einen bemerkenswerten Weitblick für Bayerns Rolle im künftigen Reich. Es wurden vor dem Kaiserbrief etliche Sonderverträge geschlossen, die gewisse Privilegien Bayerns sicherten, zum Beispiel den eigenen Botschafter in Berlin und andere Vorrechte. Er hatte auch Gebietserweiterungen gefordert. Es schwebte ihm sogar eine alternierende Regentschaft vor: Jeweils ein preußischer König sollte einen bayerischen König im Reich ablösen. Deutschland hätte dann stück- und fallweise zwei Hauptstädte gehabt: Berlin und München – so übel nicht. Doch lassen wir das. Es sei nur festgehalten: Ein unpolitischer und schwächlicher Sachwalter bayerischer Interessen ist Ludwig niemals gewesen. Auch daher kommt wohl sein Ruhm im Land.

XXIII Die Pöllatschlucht mit der Marienbrücke

Etwas anderes als dieser eine Augenblick von Versailles scheint mir wichtig. Es hat eine sehr merkwürdige, lebenslängliche Beziehung zwischen beiden Männern gegeben. Ihre innere Geschichte wurde, wenn ich es recht sehe, bis heute nicht geschrieben. Bismarck ist Ludwig nur einmal persönlich begegnet. Es war am Hof in München und Ludwig noch Kronprinz. Obwohl Bismarck später noch oft in Bayern war, nicht nur in Bad Kissingen, auch in München, wo er mit Franz von Lenbach, dem Maler, befreundet war. Ludwig hat sich jeder weiteren privaten Begegnung entzogen. Es hat aber einen immerwährenden Briefwechsel zwischen beiden gegeben, aus dem eine überraschende, persönliche Hochachtung gegenseitig deutlich wird. Es ging in diesen Briefen nicht um Kunstfragen. Es ging immer um Politik. Bismarck trug Ludwig seine Pläne zur deutschen Frage vor, und Ludwig hat auf sie klug und sehr detailliert reagiert. Bismarck hat sich auch später an dem allgemeinen Gelächter über den bauwütigen König nie beteiligt. Er hat ihn immer in Schutz genommen, verteidigt, beraten. Bismarck hat schließlich in seinen Memoiren, GEDANKEN UND ERINNERUNGEN, von allen deutschen Fürsten nur Ludwig ein eigenes Kapitel gewidmet, das man als respektabel bezeichnen kann. Daß er Ludwig ab 1872 aus dem berüchtigten Welfenfonds auch

XXIV Otto von Bismarck, 1870

pro Jahr einen Betrag von dreihunderttausend Mark diskret zufließen ließ, hat erst Caprivi, Bismarcks minderer Nachfolger, herausbekommen. Man kann sagen: eine Art von Bestechung. Man kann aber auch sagen: ein verlorener Baukostenzuschuß Preußens zu Bayerns Schlössern. Rückblickend auf Preußens Untergang scheint mir der Beitrag aus Berlin nicht verloren.

Was ging eigentlich vor? Ich vermute, daß Bismarck, dieser überaus vernünftige und pragmatische Politiker, durchaus das Stück Genie in Ludwig spürte, das er in sich selber tief verschüttet sah. Umgekehrt scheint Ludwig in Bismarck die einzige unanfechtbare Vaterfigur erlebt zu haben, die nie frustrierte. Per Distanz war sie immer da. Es ist ja bekannt, daß Ludwig ganz zum Schluß in seiner tiefsten Not, als er entmündigt war und abgeholt wurde aus Neuschwanstein, nur den Satz fand: »Wir müssen sofort an Bismarck telegrafieren!« Er tat es, und Bismarck depeschierte zurück: »Seine Majestät soll sofort nach München fahren, sich seinem Volk zeigen und selbst sein Interesse vor dem versammelten Landtag vertreten.« Aber dazu war es natürlich zu spät.

Bismarcks kritischem Kopf war natürlich die Veränderung nicht entgangen. Er hat diese Depesche später in folgender Art kommentiert: »Ich rechnete so: Entweder ist der König gesund, dann befolgt er meinen Rat. Oder er ist wirklich verrückt, dann wird er seine Scheu vor der Öffentlichkeit nicht ablegen. Der König ging nicht nach München, er kam zu keinem Entschluß, er hatte die geistige Kraft nicht mehr und ließ das Verhängnis über sich hereinbrechen.«

Auch das hat Bismarck aus dem fernen Berlin damals sehr genau überblickt. Er war ein kluger, treuer Freund und ganz diskret: sehr preußisch.

XXV Hohenschwangau und der Schwanensee

Neuschwanstein oder Kein Ende der Fragen

Hier hat er sein Stück zu Ende gespielt. Hier haben sie ihn abgeholt und in Fesseln gelegt. Es ist nicht die letzte, es ist nur die märchenhafteste Ausgeburt seiner Phantasie. Die Burg in ihm war Stein geworden. Hoch, schlank und mit zauberischen Zinnen streckt sie sich in gotischer Sehnsucht zum Himmel. Sie liegt auf einem Fels, tief unten die Pöllatschlucht, ihr stürzendes Wasser; das blaue Licht des Alpsees daneben. Eine Landschaft, heroisch und lieblich zugleich. Die Burg sagt: Höher, immer höher! Ich will in den Himmel fliegen! Die dicken Mauern erwidern: Laß mich in Ruh! Komm nicht heran! Berühre mich nicht! Ich, ich, ich ganz allein: Majestät. Ich bin der Größte, der absolute Souverän! Ich bin – der König am Ende.

Des Abends, als wir hier allein durch die Burg pilgerten. Eine Privatführung, eine Ludwigsche Separatvorstellung sozusagen: zwei Seifenblasen der Phantasie, durch das hohe Haus schwebend. Alle die Gänge, Flure und Treppen. Es war, als stiegen wir durch ein Bühnenhaus. Höher, immer höher ins Gebälk der Phantasie. Oben der Sängersaal dann: das dunkle Holz, die goldenen Kandelaber. In dem großen Saal damals hat niemand gesungen. Es war alles nur in ihm und für seine Phantasie. Es war eine Huldigung, an Wagner, dem TANNHÄUSER, also der Wartburg nachempfunden. Er war ein genialischer Nachempfinder ohne Frage, und alle Schlösser sind eigentlich nichts anderes als Liebeserklärungen an Wagner gewesen: die Noten des Meisters – in Stein gesetzte Musik.

Ganz oben dann der Thronsaal: vorwiegend Parsifal; das Erlösungsmotiv, zuletzt. Der marmorne Thronsaal ist sozusagen der Gipfel und Abschluß seiner monarchistischen Regressionen. Ich, ich, ich – der letzte König von Gottes Gnaden! Ich bin der Gesetzgeber seit Moses' Tagen. In Fragen der eigenen Größe ist er nun zum Äußersten entschlossen. Da stehen Kasimir, Stefan, Heinrich, Ferdinand, Eduard, natürlich auch der heilige Ludwig. Darunter tat er es jetzt nicht mehr. »Meine Vettern« nannte er sie jovial. Na bitte! Die Stelle, wo in edlem Carraramarmor dann, alles beherrschend, sein eigener Thron stehen sollte, ist allerdings leer geblieben. Das Ding ist nicht mehr fertig geworden – gut.

Es war schon ein ziemlich verrücktes Leben, das er hier führte, vollkommen einsam, von ein paar Lakaien bedient. Er hatte sich längst den

XXVI Neuschwanstein, Torbau

Tag zur Nacht, die Nacht zum Tage gemacht. Abends nach achtzehn Uhr pflegte er aufzuwachen. Er schlief sehr schlecht, auch mit vielen Schlafmitteln. Gegen neunzehn Uhr wurde gefrühstückt, um Mitternacht geluncht, gegen zwei Uhr nachts wurde dann ausgeritten. Es wurden Pferde angespannt, es wurden die goldenen Karossen geöffnet, und nun ging es, im Winter mit goldenen Schlitten, barock bis spätrokoko glänzend, auf zu den abenteuerlichsten Touren. Es mußte gerast werden. Die Berge hier immer rauf und runter. Jetzt quer durch die verschneiten Täler nach Linderhof rüber. Es schnauften die Gäule. Es flog der Schnee. Es klingelten viele Glöckchen, und vier Diener, historisch kostümiert, mit brennenden Fackeln. Sie preschten auf Gäulen vorweg. Es muß wirklich wie ein Märchenspuk gewirkt haben, wenn ihn so nachts einzelne Bergbauern vorbeirasen sahen. Der König, in weißen Hermelin prächtig gehüllt: ein Kostümfest im Schnee, eine glanzvolle Ruine, vorbeifliegend – »Der Kini kamt!«. Sechs Uhr morgens wurde dann in Linderhof zu Abend gegessen. Und als die Sonne erschien, ist er dann ganz allein schlafen gegangen.

Ludwig, lieber Ludwig! Weißt du, daß wir heute solche Tag-Nacht-Verdrehungen gar nicht mehr märchenhaft finden? Die klinische Psychotherapie versteht sie als klassisches

Symptom einer endogenen Depression. Das vegetative Nervensystem schaltet einfach um, weil die Realität, also der Tag, so rasend leiden macht, daß sie nicht mehr erträglich ist. Alles eher traurige Selbstrettungsversuche der Seele.

Damals, als du Anfang der achtziger Jahre anfingst, dich hier in Neuschwanstein immer mehr zu isolieren, war wohl der dritte Schub schon gelaufen. Ich möchte meine Spätdiagnose schlicht: progressiven Größenwahn mit neurotischen Selbstheilungstendenzen nennen. Ich halte die Formulierung bewußt ungenau. Exaktes ist nämlich nicht auszumachen. Ich kann jedenfalls heute die etwas bösartige Ferndiagnose deiner Münchener Psychiater damals nicht teilen. Eine schwere Paranoia? Wieso? Ideen eines massiven Verfolgungswahns hast du doch relativ wenig produziert. Es gab sie, aber doch nicht dominierend. Aber sicher ist jetzt ein wachsender Persönlichkeitsverfall zu erkennen. Dein im Grunde infantiles Ich, ganz hochgetrieben, brach nun auseinander – die Seifenblase zerplatzt. Es sind von jetzt ab nur noch Scherben zu besichtigen; sehr disparate Persönlichkeitsreste, die oft ganz bizarr nebeneinanderliegen: krank und gesund. Vieles war ja intakt geblieben. Komplett verrückt, wie die Leute so sagen, bist du jedenfalls nicht gewesen.

Zum Beispiel das Leiden an deiner Einsam-

XXVII Neuschwanstein, Treppenhaus

keit: Es war doch ein gesunder Zug. Richtige Psychotiker hocken vollkommen autistisch in einer Ecke und sind zu nichts zu bewegen. Dein armer Bruder Otto zum Beispiel, der lebte so: umnachtet. Du aber hast bis zum Schluß an deiner Unfähigkeit zur echten Partnerschaft wie rasend gelitten. Das ist doch normal. Du hast immer Menschen gesucht, und was man so Liebe nennt oder Freundschaft. Deine lange Liebe zu Elisabeth, Sissy genannt, war so ein Versuch: Geschwisterlich-krank warst du ihr immer verbunden.

Schauspieler vor allem wurden jetzt deine Favoriten. Erinnerst du dich noch an die zwölf Tage in Linderhof, als du Kainz eingeladen hattest? Ihr beide stundenlang allein in dieser grotesken Grotte, dieser Tropfsteinhöhle aus Wagner-Motiven. Ihr fuhrt in die Schweiz, und Kainz sollte dir immer Schiller zitieren, den TELL. Kainz aber war meist müde, maulte, er war auch verschüchtert angesichts deiner Liebeswerbung. Auch sah er bei Tag und ganz nah so faszinierend nicht aus wie auf der Bühne. Auch diese Affäre ist dann schiefgegangen wie all deine anderen Freundschaften mit Komödianten. Immerhin: Du hast sie immer fürstlich beschenkt. Ich meine: hinterher, nach der Trennung, als du wieder in deiner Einsamkeit hocktest.

Überhaupt wird jetzt von wunderlichen

XXVIII Ludwig II., 1875

Geschichten berichtet. Sie stammen von deinen Dienern. Man muß sie nicht unbedingt glauben, aber andere Menschen ertrugst du ja nicht mehr um dich. Du sollst bei Tisch, mutterseelenallein essend, dich sehr angeregt mit hohen Gästen aus Frankreich unterhalten haben. Du speistest mit dem Sonnenkönig persönlich. Du plaudertest angeregt mit der Pompadour und der Dubarry. Manche Diener durften dir nur kniend nahen; andere mußten, weil dir ihr Gesicht nicht gefiel, Masken tragen. Andere durften nur an der Tür kratzen, von außen, wie Tiere. Es wird von bizarren, etwas ausschweifenden Festen mit deinen Stallknechten berichtet, die nackt vor dir tanzen mußten. Auch hast du dir von Burschen, deren Anmut dich entzückte, Abgüsse machen lassen, die dann vor Schloß Linderhof aufgestellt wurden. Und manchmal sollst du diese Statuen dann nachts umarmt haben. Vielleicht ist das alles Lakaiengeschwätz, mag sein. Es würde aber sehr gut zu deiner partnerlosen Leidenschaft passen.

Sicher ist, daß die homosexuelle Komponente, die ja immer da war, von Anbeginn, bei dir jetzt etwas außer Kontrolle zu geraten schien. Ich halte diese Anlage bei dir übrigens für neurotisch, nicht für konstitutionell, wie man so sagt. Wäre sie dir angeboren gewesen, so wärst du damit viel besser zu Rande gekommen. Könige konnten das immer zu allen Zeiten – irgendwie. Du aber bist tief unglücklich damit gewesen.

Überhaupt dein Geschlechtsleben: eine schreckliche Sache. Entschuldige, es ist nicht Indiskretion, aber bei einer Analyse ist es unmöglich, davon abzusehen. Es gehört zentral zur Persönlichkeit. Du warst doch das Bild eines Mannes, kraftstrotzend, körperlich gesund. Und was war in all deinen herrlich prunkenden Prachtbetten? Nichts! So gut wie nichts, zeitlebens. Nur immer wieder diese einsamen Selbsthilfen. Deine Tagebücher erzählen davon und von deinen tiefen Schuldgefühlen, die dich deswegen peinigten: Ich, die Allerchristlichste Majestät – und dann so was! Mein Gott, Ludwig, was man so Onanie nennt, das war doch nicht deine Schuld. Das war doch nicht die Ursache. Wir jedenfalls heute sehen so was viel angstfreier, undramatischer. Was soll's? Schwamm drüber! Ich meine, über das ganze Kapitel.

Es interessiert mich ein anderer Rest: der Bauherr und Architekt. Soll ich nun sagen: deine Krankheit, deine Sucht, dein Wahn, überall prunkvolle Schlösser zu bauen, für nichts als deine infantile Augenweide? Es wehrt sich fast alles in mir dagegen. Zugegeben: Du hattest noch eine ganze Kollektion anderer Projekte im Kopf. Das wäre noch munter weitergegangen. Wir haben zum Bei-

XXIX Neuschwanstein von der Pöllatschlucht aus gesehen

spiel das Projekt Falkenstein besichtigt. Du wolltest da deinen Erfahrungen aus Neuschwanstein die Krone aufsetzen. Ich, zwei Stunden hochschnaufend, kann nur sagen: Einsame Spitze; zwölfhundert Meter hoch liegt hier Deutschlands höchste Burgruine in einer herrlichen Berglandschaft, die dann schroff runter ins Inntal nach Österreich abfällt. Die Lage ist Klasse, deine Entwürfe sind zauberhaft. Mit sicherem Blick und gutem Instinkt hast du schon die Bauplätze immer ausgewählt. Ich weiß nicht, was daran irr sein soll.

Zugegeben: In Finanzierungsfragen warst du etwas leichtfertig geworden. Der Auftrag an deinen Diener zum Schluß, eine bayerische Bank zu überfallen, damit sie dir die fälligen fünfundzwanzig Millionen brächten, war natürlich verrückt und erinnert an unsere Terroristen heute. Aber wenn man von der Geldfrage einmal absieht (ich komme darauf noch zurück, denn so irre waren deine Ausgaben ja nun auch wieder nicht) – als Bauherr und Architekt hast du doch bis zum Schluß vorzüglich gearbeitet. Keine Spur von Erkrankung. Innerhalb deines Systems warst du ganz kontrolliert, ja pedantisch genau. Du hast mit einem beträchtlichen Fleiß studiert, gelernt, gelesen, Entwürfe geprüft, Pläne durchgearbeitet, dann revidiert. Es gibt kein Zimmer, keine Wand in deinen Schlössern, ach, was sage ich:

keine Vase, kein Tischchen, das du nicht geprüft und entschieden hast.

Gewiß, es mußte alles etwas rasch geschehen. Fünf Jahre Bauzeit im Schnitt. Eile war bei dir immer geboten. Geduld war nicht deine Sache. Du warst ziemlich starrköpfig in deinen Aufträgen. Bei Bildern interessierten dich auf eine pedantische Weise immer nur die Inhalte, die Gegenstände, und so kam es auch, daß du immer nur mindere Künstler hattest. Die großen hätten sich nicht so kommandieren lassen. Aber du bist unbestritten immer der Bauherr geblieben. Du hieltest das Heft fest in der Hand. Du hast ja einen Riesenbetrieb geleitet. Du warst ein großer Unternehmer geworden zum Schluß, sahst auch schon beinah so aus. Ich habe in den »Königlichen Baubetriebs- und Finanzierungsplänen« geblättert, die alljährlich von 1869 bis 1886 aufgestellt wurden. In der Sprache der DDR könnte man sagen: Das hatte doch alles Perspektive und Plan. Von Verwirrung, von Geisteskrankheit keine Spur.

Jetzt die Geldfrage. Sie hat dich zu Fall gebracht. Ich habe das alles mal durchkalkuliert. Lieber Ludwig, ich weiß, es langweilt dich. Geld hat dich nie interessiert, aber zu deiner Entlastung muß es erwähnt werden. Ich vertrete mit Nachdruck die These: Als Bauherr warst du verblüffend vernünftig. Bei einigem

XXX Neuschwanstein

Weitblick hätten sich alle deine Träume gut finanzieren lassen. Es ist ja überhaupt komisch: Beim Straßburger Münster oder Schloß Versailles fragt niemand: Was hat das gekostet? Bei dir immer. Vorweg sei noch hinzugefügt: Aus der bayerischen Staatskasse kam das Geld ohnehin nicht. Es wurde alles aus eurer Privatkasse gezahlt, die Wittelsbacher Zivilliste genannt.

Die Geldfrage, damals in Gulden gerechnet, sah so aus: Für Neuschwanstein waren 3,2 Millionen genehmigt worden. Du hast es dann noch einmal mit 3 Millionen überzogen, so daß diese phantastische Burg, in der ich jetzt stehe, um es dir vorzurechnen, im ganzen 6,2 Millionen gekostet hat. Ich finde, es hält sich in Grenzen bei diesem Juwel. Wenn man bedenkt, was heute allein ein Panzer kostet! Bei Linderhof bist du etwas leichtsinnig gewesen: Du hast die genehmigten 3,5 Millionen mit blanken 5 Millionen überzogen. Aber jeder Bauherr weiß ja, wie es praktisch läuft, wenn man wirklich erstklassig bauen will. Linderhof schlug also mit 8,5 Millionen zu Buch. Herrenchiemsee war dann für euch Wittelsbacher natürlich ein Brocken: Du hast die genehmigten 5,7 mit 10,9 Millionen überzogen, so daß das ganze Schloßprojekt 16,6 Millionen gekostet hat. Ich finde es trotzdem preiswert. Das wirkliche Versailles hat das französische Volk mit Sicherheit ein Vielfaches gekostet. Und heute? Unbezahlbar natürlich.

Also summa summarum: Alle »Ludwigs-Schlösser«, wie man heute sagt, haben zusammen 31,3 Millionen gekostet. Das war natürlich Geld, auch für das Haus Wittelsbach. Aber wenn man daran denkt, daß das bayerische Parlament 1866 nach dem verlorenen Krieg zusammen mit Österreich, den du, Ludwig, nicht wolltest, an Preußen, ohne mit der Wimper zu zucken, 30 Millionen Gulden als Reparationen hinblätterte, von denen niemand sprach, so stellt sich doch die Frage: Wer hat denn nun auf lange Sicht für Bayern mehr getan? Der irre König oder diese klugen Herren in München?

Ich weiß, es langweilt dich. Ich will nur dies noch sagen: Hätte damals ein kühler Kopf in München wirklich begriffen, was dein Stück Wahn da an Werten hervortrieb – er hätte zugegriffen. Ich will nicht von Investmentfonds sprechen, aber mit ein paar tüchtigen Bankiers hätte sich das natürlich vorfinanzieren lassen. Die Rothschilds zum Beispiel, vielleicht nicht die in Frankfurt, aber die in Paris – die wären dir bestimmt zu Hilfe gekommen. Langfristig gesehen ist doch dein Wahn ein glänzendes Geschäft geworden. Deine Schlösser spielen heute der bayerischen Staatskasse solide Gewinne ein. Und wenn es nicht nur

XXXI Neuschwanstein, Zehntausende besuchen den König

drei, wenn es zehn Ludwigs-Schlösser wären, die heute Bayern zierten – wer, bitte, zwischen München und Tirol würde heute nein sagen? Ich denke nur an den Hubertus-Pavillon im Ammerwald oder an den Chinesischen Palast am Plansee bei Reute, die beide immerhin schon geplant waren. Es wären Perlen der Landschaft, Sehenswürdigkeiten für die Welt geworden.

Ich höre nichts als verlegenes Schweigen.

Nachworte

Ganz zum Schluß sind wir dann bei ihm unten gewesen. Er liegt in der Kirche Sankt Michael, München, Neuhauserstraße. Wir sind hinuntergegangen zur Fürstengruft. Wir haben auch die fünfzig Pfennig Eintritt dem Wittelsbacher Ausgleichsfonds respektvoll gezollt. Fürsten sind heute ja billig zu haben. Und dort sieht man nun, wie das Leben so spielt. Dort steht sein Sarg unter dreißig anderen Särgen seiner Familie. Da liegt links von ihm die Kurfürstin Maria Anna. Da liegt der Kurfürst Maximilian I., danach die Kurfürstin Elisabeth Renate. Und rechter Hand liegen Herzogin Renata und Herzog Wilhelm V. Es folgen noch viele andere. Alles, wie man vermuten darf, gute, verdienstvolle Häupter, vernünftig, sehr tüchtig. Wer kennt sie noch? Dahin und vergessen. Die Normalen sind eben normal. Sie sind auf lange Sicht nicht bemerkenswert.

Nur sein Sarg ist unvergessen. Mehr als doppelt so groß beherrscht er in barocker Pracht, pompös wie immer, die eher karge Szene. Und über dem Sarg prangt das große, prächtige Königswappen in rotem Samt, goldbestickt. Tausend Kränze und Blumen und bunte Gebinde zu Füßen. Man liest nicht ohne heiteren Hohn: »In Dankbarkeit dem edlen König! – Der Präsident der Bayerischen Verwaltung der staatlichen Schlösser, Gärten und Seen.« Man liest: »Die dankbare Marktgemeinde Prien!« Es lag auch ein frischer Kranz. Unterschrift: »Die König-Ludwig-Kickers!«, »Die Landeshauptstadt München«, und so geht das weiter. Es kommen Frauen und knien nieder. Touristen umdrängen seinen Sarg. Der eine Japaner, den ich jetzt immer überall treffe, steht auch wieder dabei. Er hat den Kopf gesenkt. Ist es in Trauer? Er wird gleich ein Foto blitzen.

So ist es also zuletzt: sein Herz in Altötting, sein Leib hier in München. Der Schmerz ist vergessen, die Einsamkeit aufgesprengt. Der Glanz ist geblieben. Es ist der Wahnsinn manchmal, der das Bleibende schafft. Was bleibt? Es bleibt uns zuletzt nur der Traum von einer anderen Welt, die frühe Vision des Schönen, die Hoffnung aus Paradiestagen. Der Mensch will über sich selbst hinaus. Er übersteigt alle Wirklichkeit. Unsterblich ist nur – seine Phantasie.

Bildnachweis

Abb. I, V, XXVIII
© Archiv für Kunst und Geschichte GmbH, Berlin
Abb. VII, XV, XVI
© Bayerische Verwaltung der Staatlichen Schlösser, Gärten und Seen, München
Abb. XXIV
Bildarchiv Preußischer Kulturbesitz, Berlin
Sämtliche Farbfotografien:
Gregor M. Schmidt